정란희 글 | 한호진 그림

키다리

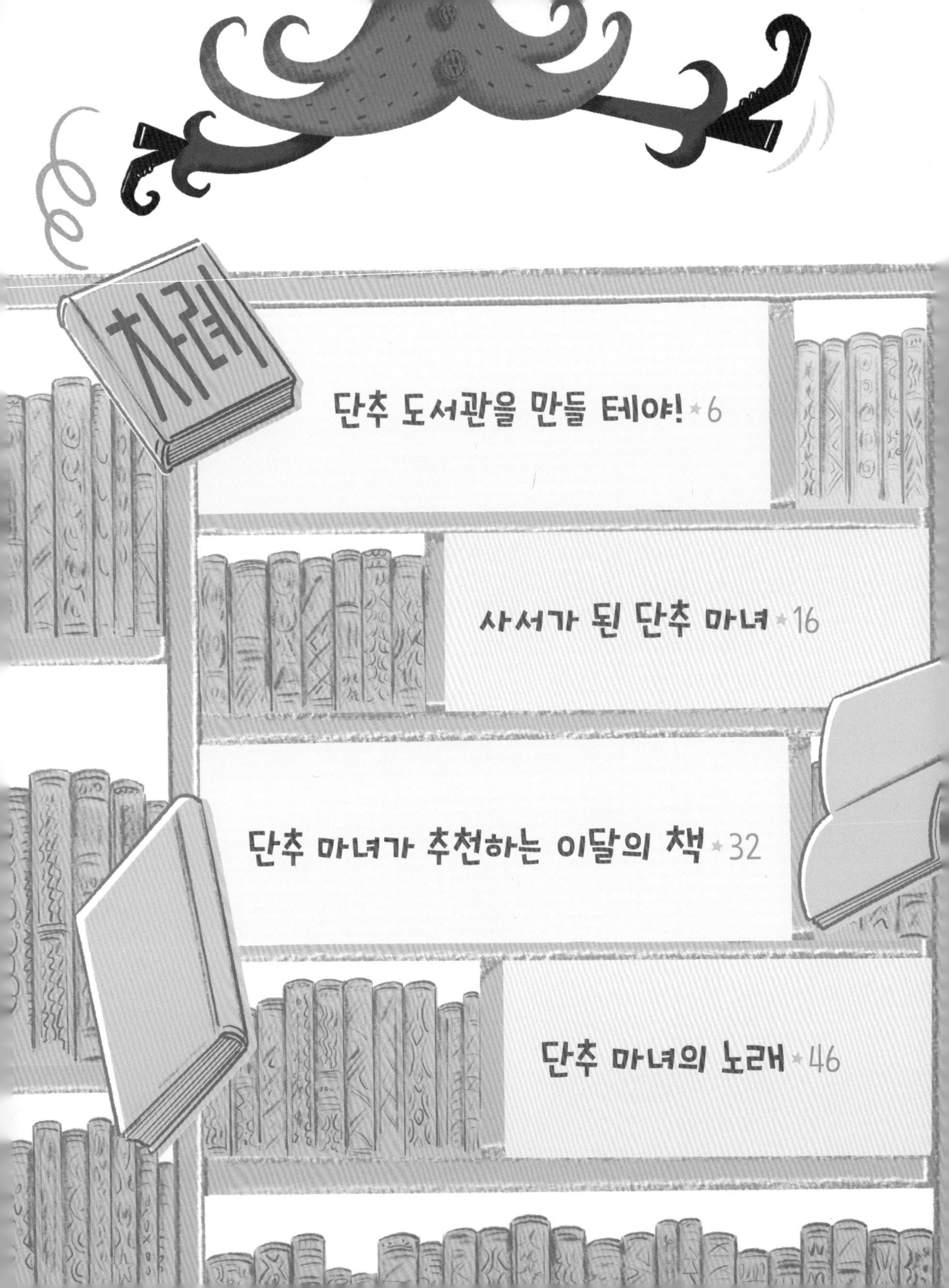

차례

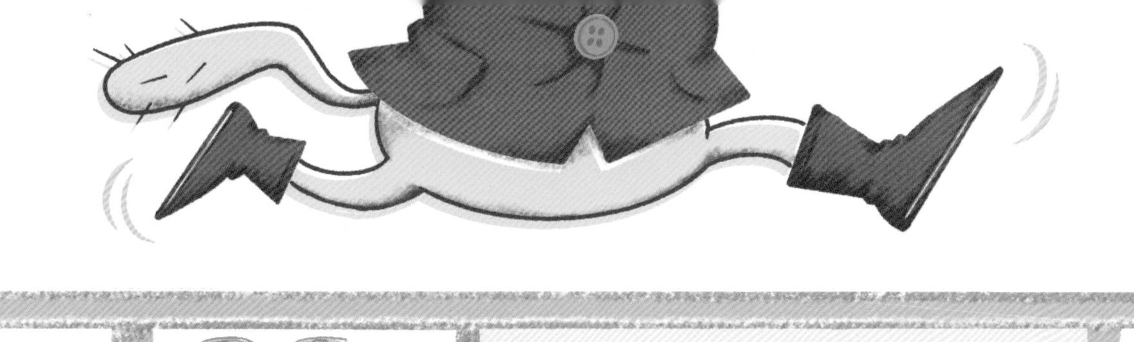

단추 도서관을 만들 테야!

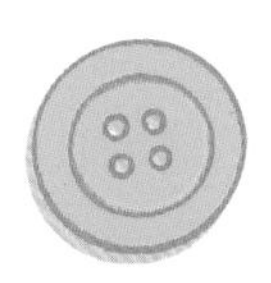

"애개개, 단추가 겨우 이만큼이야?"

단추 단지를 들여다보던 단추 마녀가 크게 실망했다.

보고도 믿기지 않는지 이제는 아예 단지를 두 손으로 감싸 들고 거칠게 흔들었다. 단지 속에 있던 단추 몇 개가 요란한 소리를 냈다.

"고작 요만큼으로 뭘 하겠어. 정말 고민이네."

단추 마녀의 눈썹 끝이 쌜쭉 올라갔다. 단추 마녀가

생각에 잠길 때 나오는 버릇이다.

'옛날엔 참 좋았는데……. 편식하는 아이는 많고, 떼를 쓰는 아이는 더 많고, 거짓말하는 아이는 더더 많고, 쓰레기를 함부로 버리는 아이는 더더더 많고, 친구 못살게 구는 아이는…….'

단추 마녀가 갑자기 벌떡 일어나 "더더더더"를 외쳤다. 좀 전에 했던 고민은 어디 가고 갑자기 신이 난 것 같았다. 그러다 감당할 수 없는 흥이 일어 크게 노래하듯 외쳤다.

"동물 괴롭히는 아이는 더더더더더 많지. 엉덩이가 들썩들썩 귀가 팔랑팔랑 까불이 아이는 더더더더더더……."

단추 마녀가 소리치다 멈추더니 눈이 땡그래졌다. 뭔가 재미있는 일이 일어날 것 같은 느낌 때문이었다.

"앞으로 단추를 많이 만들어야겠어."

하지만 요즘 아이들은 편식도 잘 안 하고, 욕도 잘 안

단추 단추 단추
단추 단추 단추
띵!

한다. 떼를 쓰거나 욕심을 부리는 일도 별로 없다. 나쁜 행동을 하면 단추가 된다는 걸 이미 알고 있어서다.

얼마나 소문이 널리 퍼졌는지 어린아이들이 엉엉 울다가도 옆에서 누가 "어머 곧 단추 마녀가 오겠네." 하면 울음을 뚝 그치고 만다. 그래서 요즘 단추 모으기가 더 힘들어졌다. 그 생각을 하니, 단추 마녀는 갑자기 풀이 팍 죽었다.

"멍텅구리 스컹크, 생각 좀 해 봐! 어떡하면 우리가 더 많은 단추를 모을 수 있을지."

그러자 스컹크는 못 들은 척 얼른 고개를 돌리고는 헝겊 쥐 인형을 꼭 안았다. 스컹크는 마녀가 하는 일에 별로 관심이 없다.

스컹크는 단추 마녀의 고양이지만 단추 마녀를 그다지 좋아하지 않는다. 단추 마녀도 마찬가지이긴 하다. 그래도 같이 산다, 식구니까.

단추 마녀는 '단추'라는 말을 오백 번쯤 중얼거리다가

텔레비전을 켰다. 혹시나 〈누워서 단추 먹기〉 같은 프로그램을 하지 않을까 해서다. 하지만 단추에 관한 이야기는 한마디도 나오지 않았다. 텔레비전에서 마녀 연예인들이 나오는 〈마녀들의 수다〉 프로그램이 방영되고 있었다.

어떤 마녀는 빗자루를 타고 대서양을 건너다가 변덕스러운 마음 때문에 지구 반대편에 있는 집으로 돌아갔고, 또 어떤 마녀는 일 년에 한 번 있는 세계 마녀대회에 출전하기 위해 해마다 준비하는데 꼭 날짜를 착각해서 대회장에 다음 날 도착한다고 했다. 사악 마녀가 남의 단추를 탐내다가 단추가 되어 버렸다는 이야기도 했다. 하나같이 하나 마나 한 소리, 두 번만 들으면 소리치고 싶은 소리였다.

"난 세상에서 저런 얘기가 제일 싫어. 쥐눈이콩으로 만든 수프만큼이나 시시하고 재미없어."

단추 마녀는 텔레비전을 끄고 책을 집어 들었다. 《단

추로 집을 짓는 열 가지 방법》이라는 제목의 책이었다. 단추 마녀는 책 표지를 보자마자 하품이 나왔다. 이미 다 아는 내용이었다. 삼십 년 전에 다 읽은 책이기 때문이었다.

“난 세상에서 이런 책이 제일 싫어. 늘 똑같은 말만 해. 이걸 읽느니 차라리 온 동네 장독대를 다 깨부수고 다니는 게 낫겠어.”

단추 마녀는 책을 휘익 내던져 버리고 한 가지 생각만 했다.

“아이들을 단추로 만들려면 으음…….”

단추 마녀는 소파에 벌러덩 누워 생각해 보았다. 생각이 나지 않았다. 발가락 열 개를 까딱거려 봤지만 마찬가지였다. 집게손가락으로 옆머리를 돌돌 말아 봤지만 별 수 없었다. 마법 바늘로 공중에 큼지막한 단추를 그려 봤지만 그저 꿈일 뿐이었다. 그러다가 물구나무를 서서 생각에 잠겼다.

"세상에서 가장 높은 단추 탑을 만들고 싶어. 단추 수영장도 좋아. 알록달록한 단추가 열리는 나무도 아주 마음에 들어, 단추 의자에 앉아 기차 여행을 하는 것도……."

단추 마녀가 소망을 웅얼거리고 있을 때 어디선가 바스락 빠스락 꾹꾹 바스락 빠스락 꾹꾹, 하는 소리가 들렸다. 스컹크였다. 주변에는 찢기고 구겨진 종잇장들이 널브러져 있었다.

"스컹크, 못된 고양이 녀석! 내 책을 그렇게 망쳐 놓으면 어떡해? 세상 모든 책은 찢어 없애 버려도 좋아. 하지만 내 것은 안 돼! 왜냐고? 내 거니까."

스컹크가 콧방귀를 뀌며 발로 책을 휘익 걷어찼다. 그러자 단추 마녀가 눈을 부라렸다.

"스컹크, 널 단추로 만들어 버릴 거야. 책에다 낙서하고 책을 찢는 게 얼마나 나쁜 짓인 줄 알아? 넌 충분히 단추가 될 수 있다고!"

단추 마녀는 목젖이 보일 만큼 크게 고함을 질렀다. 그러자 스컹크가 잔뜩 몸을 웅크렸다. 단추가 될 거라는 말에 겁을 먹은 것이다. 그 모습을 보던 단추 마녀가 손을 우뚝 멈추었다.

"아, 잠깐만!"

잠시 후, 단추 마녀가 환한 얼굴로 으하하하 웃어 젖혔다. 엄청난 것을 발견한 기쁨으로 가득 찬 웃음이었다.

"그래, 책이야! 요즘 꼬마들은 도서관에서 책을 마구 망치잖아. 책에 코딱지를 붙이고, 침 바르고, 연필로 줄 긋고, 과자 부스러기를 흘리고, 책을 찢고……. 그 녀석들을 모두 단추로 만드는 거야! 그럼 단추를 왕창 모을 수 있어. 역시 난 천재 마녀야!"

단추 마녀는 곧 상상의 세계에 빠져들었다. 엄청나게 크고 멋진, 반짝반짝 으리으리한, 크고 작은 단추가 바다처럼 넓게 펼쳐진, 온 세상 어린이들이 앞다투어 달려드는, 세상에서 제일 큰 단추로 된 마법 도서관을 만들

고, 그곳의 사서가 되어서 온종일 갖가지 단추 맛을 보는 자신의 모습을 그렸다. 그러자 입안에 침이 고였다.

추추추, 단추 마녀는 아주 기쁘게 웃었다.

크크크, 스컹크도 단추 마녀를 따라 웃었다.

사서가 된 단추 마녀

단추 마녀는 마법을 써서 동네 초등학교의 도서관 사서가 되었다. 도서관에는 원래 '홍미'라는 이름을 가진 사서 선생님이 있는데, 망가진 책을 보면 고치지 않고는 못 배기는 사람이었다. 망가진 책들이 많을 경우, 홍미 선생님은 한나절 내내 '책 병원'에 있기도 했다. 책 병원은 망가진 책을 수선하는, 도서관 지하에 있는 창고 같은 곳이다.

홍미 선생님이 찢기거나 낙서가 되어 있는 책들을 책 병원에 수선하러 간 틈에 단추 마녀가 도서관을 차지했다. 이제 홍미 선생님은 아예 책 병원에서 나올 수 없게 되었다. 단추 마녀가 그곳에 공간 마법을 걸었기 때문이다. 이제 누군가 도와주지 않으면 홍미 선생님은 계속 마법 공간에 머무르게 된다.

"난 세상에서 책 읽는 아이들이 제일 싫어."

단추 마녀가 도서관 책꽂이를 돌아보고는 말했다. 서가에 꽂힌 책들을 손으로 툭툭 치기도 하고 삐죽 나와 있는 바닥의 책들을 발로 쓰윽 밀기도 했다. 지저분하고 오래된 책이 꽂힌 서가 사이를 오갈 때는 기분이 상큼해지기도 했다. 왠지 빨리 단추를 만들 수 있을 것 같은 예감이 들어서였다.

꼬마 탐정 이야기책이 꽂힌 서가 주변에는 아이들이 많았다. 단추 마녀는 얼굴을 찌푸리며 지나갔다.

"틀림없이 따분한 아이들일 거야. 편식도 안 하고 엄

마한테 과자 사 달라고 조르지도 않겠지?"

그때 뒤에서 어떤 아이들의 목소리가 조그맣게 들렸다.

"이 책 진짜 재밌어."

"그래, 맞아."

말을 꺼낸 아이가 주변을 둘러보다가 책장을 잡고 흔들었다.

"우리 이 대목만 좀 찢어 가자."

"그건 안 되지."

"야, 이런 건 먼저 찢어 가는 사람이 임자야. 우리가 안 해도 어차피 딴 애들이 찢어 갈걸?"

목소리가 조금 더 작아졌다.

"봐, 아무도 없는데 뭘. 이거 몇 장 없다고 책이 없어지냐? 이거랑 로봇 책 그림이랑 몇 장 찢어 가는 거야. 어때?"

그때 단추 마녀가 슬그머니 다가와 큰 소리로 칭찬하며 박수를 쳤다.

짝짝짝짝
꼬마 탐정
2 로보 월드

"책을 찢어 간다고? 오, 그거 좋지. 아주 멋진 생각이야."

조금 전까지 말하던 아이가 입을 다물었다. 그러고는 눈이 땡그래진 채 손까지 내저었다.

"아, 아, 아니에요."

그러자 단추 마녀는 아이보다 더 크게 손을 저었다.

"괜찮아, 아무도 안 보잖아. 찢어 가 봤자 티도 안 나고……. 진짜야."

단추 마녀의 말을 듣던 아이가 옆에 있는 친구의 옆구리를 손으로 찔렀다. 어서 도망가자는 뜻이었다. 잔뜩 겁을 먹은 모습이었다.

"잘못했어요, 다신 나쁜 말 안 할게요."

두 아이는 굳어진 얼굴로 후다닥 도망쳤다. 그러자 단추 마녀는 입맛을 쩝쩝 다시며 아쉬워했다.

"바보, 겁쟁이, 멍텅구리들! 책을 찢고 오리고 낙서하는 게 얼마나 신나는 일인데! 누가 신나지? 후훗, 내가 신나지. 책 찢는 아이를 단추로 만드는 건, 생각만 해도 춤을 추고 싶을 만큼 신나는 일이야."

단추 마녀의 혼잣말에 스컹크도 꼬리로 바닥을 탁탁 치며 장단을 맞췄다.

그때였다. 도서관 문을 열고 서하가 들어왔다. 책을 많이 읽어 '책벌레'라는 별명이 붙은 아이였다. 서하는 들어오자마자 사서 선생님 자리를 향해 말했다.

"선생님, 죄송해요! 빌려 간 책에다 제 동생이 낙서를 했어요. 지우개로 깨끗이 지우긴 했는데……."

서하가 양손으로 책을 추켜들며 사서 선생님을 찾았다. 두리번두리번 주변을 살피다가 단추 마녀와 눈이 딱 마주쳤다.

"어? 할머닌 누구세요?"

"나? 사서 선생님."

"네? 아닌데요, 우리 사서 선생님은 홍미 선생님인데요……."

단추 마녀는 서하가 마음에 들지 않았다. 그렇다고 버

럭 화를 낼 수는 없었다.

“으음, 선생님은 안 와. 병에 걸렸거든. 그래서 내가 온 거야.”

단추 마녀의 말에 서하가 고개를 갸웃거렸다.

“그럴 리가 없어요. 홍미 선생님을 오늘 아침에도 봤는걸요. 그리고 우리 선생님은 운동선수처럼 튼튼하시다고요. 무슨 일이…….”

단추 마녀의 얼굴이 벌게졌다.

“내가 그렇다면 그런 거지, 무슨 말이 그렇게 많아? 마음 같아선 딱 단추로 만들고 싶…….”

단추 마녀는 매우 중요한 말이 나오려던 찰나에 겨우 말을 멈췄다. 정말 큰일 날 뻔했다. 단추 마녀는 입을 한번 열었다 하면 저절로 목구멍에서부터 실타래처럼 말이 술술 풀려 나와 좀처럼 멈추기가 힘들다. 신이 나거나 흥분했을 때는 더한다. 오죽하면 단추 마녀가 이렇게 말한 적도 있다.

"난 정말 아무리 봐도 완벽한데, 딱 한 가지 나쁜 버릇이 있어. 말을 한번 시작하면 쉽게 멈출 수 없다는 거야."

서하가 도서관에서 홍미 선생님을 찾다가 단추 마녀에게 몇 번이나 물었다.

"할머니 말이 맞는다면 우리 선생님은 무슨 병에 걸리셨는데요?"

"으응……."

하마터면 '망가진 책을 두고 못 보는 병!'이라고 할 뻔했다. 단추 마녀는 눈을 또로록 굴리고는 침을 꿀꺽 삼켰다.

"몰라."

서하는 "흥." 하며 못 믿겠다는 얼굴로 서가에 가서 책을 펼쳐 보았다.

단추 마녀는 서하에게서 멀리 떨어져 스컹크에게 책 수레를 내어 주었다. 수레 안에는 찢기고 뜯어지고 망가져서 수선이 필요한 책들이 수북했다. 단추 마녀와 스컹크의 땀나는 '노오력'이 담긴 책들이었다.

둘은 이른 아침부터 엄청난 소질을 계발했는데, 그것은 바로 '책으로 운동 경기 하기'였다. 아이들이 학교에 오기 전까지 둘은 도서관에서 경기를 펼쳤다.

첫 번째 경기로 〈조약돌 시리즈〉 백 권으로 '책 멀리 던지기'를 했다. 결과는 스컹크의 승리!

하지만 다음 경기는 다른 종목으로 바꾸는 수밖에 없었다. 누구에게 지는 걸 지독하게 싫어하는 단추 마녀가 난리를 쳤기 때문이다.

두 번째 경기로 〈꿀밤 먹고 야옹 시리즈〉로 '책 돌리기'를 했다. 접시 돌리기 할 때보다 더 빨리 책을 백 권씩 돌린 단추 마녀의 승리!

이번에는 단추 마녀가 이겼지만 경기는 계속될 수밖에 없었다. 승리의 기쁨을 알아 버린 단추 마녀가 계속하길 원했기 때문이다.

추추추추
냥냥냥

'콧김으로 책 굴리기', '책 밟고 빨리 달리기', '호떡처럼 책 뒤집기', '책 기둥에 오래 매달리기' 등 여러 가지 경기를 하면서 수많은 책이 뜯기고 찢기고 망가졌지만 단추 마녀는 조금도 신경 쓰지 않았다. 아니, 좋아했다. 홍미 선생님에게 망가진 책들을 실컷 보낼 수 있어서였다. 한 가지 아쉬운 점은 아이들이 등교하기 시작하면 경기를 멈춰야 한다는 것이었다.

단추 마녀는 책 수레 옆에서 스컹크에게 귓속말을 했다.

"이 책들, 지하 창고에 갖다줘. 홍미 선생님이 망가진 책을 수선하느라 절대 도서관에 못 올라오도록 말이야. 알았니? 스컹크, 말 잘 듣는 스컹크!"

스컹크가 밝은 표정으로 고개를 끄덕였다. 단추 마녀가 헝겊 쥐 인형에게 새 옷을 만들어 입혀 준 다음부터는 스컹크가 말을 잘 듣는다.

"단추를 만들어야 해. 책이 있던 자리에 단추를 꽂아야 한다니까. 내가 세상에서 제일 싫어하는 것은? 책!

내가 세상에서 제일 좋아하는 것은? 단추!”

추추추, 웃으며 던진 단추 마녀의 말이 스컹크를 자꾸만 따라다녔다. 스컹크는 책 수레를 밀며 지하로 내려갔다. 지하는 먼지 냄새와 싸늘하고 퀴퀴한 하수구 냄새로 가득 찬 곳이었다. 게다가 어둡기까지 했다. 스컹크가 안 좋아할 이유가 하나도 없었다. 스컹크는 기분이 상쾌해져 숨을 크게 들이켰다.

드디어 지하 창고에 도착! 스컹크는 무슨 대단한 일을 한 것처럼 가슴을 펴고 위를 올려다 보았다. ‘책 병원’이라는 안내판 아래에 단추가 하나 걸려 있었다.

스컹크가 문을 열고 안으로 들어갔다. 더럽고 찢어지고 망가지고 너덜너덜한 책들이 자질구레한 가구들처럼 가득했다. 책상 앞에는 홍미 선생님이 있었다. 책상 한쪽에는 너무 바빠 먹을 새도 없었는지 차와 간식이 그대로 있었다.

홍미 선생님은 뒤틀리고 찢긴 책, 심하게 낙서된 책,

코딱지가 묻은 책, 침에 젖어 쭈글쭈글해진 책, 물을 먹어 우글우글해진 책, 책 사이에 과자 부스러기가 끼어 있는 책, 기름이 잔뜩 묻어 색깔이 변한 책들을 닦고 고쳤다. 대부분 단추 마녀와 스컹크가 망가뜨린 책들이었다. 책에 코를 박고 손에 힘을 꽉 주어 수선하느라 시간 가는 줄도 몰랐다.

“이상하다. 아까부터 계속 수선하는데도 책이 줄어들

질 않네. 더 속도를 내야겠어……."

스컹크는 책 수레를 조용히 밀고 와서는 조심히 망가진 책들을 한쪽에 쌓았다. 크크크, 웃음이 나려는 것도 꾹 참았다. 도서관으로 돌아가기 전, 책 병원의 벽시계 시곗바늘을 앞으로 돌려놓는 것도 잊지 않았다.

홍미 선생님을 속이고 나서 고소해 죽겠다는 얼굴로 스컹크가 도서관으로 향했다.

단추 마녀가 추천하는 이달의 책

단추 마녀가 〈사서가 추천하는 이달의 책〉 책장을 꾸미기 시작했다. 정말 하기 싫었지만 홍미 사서 선생님이 하던 일들을 해야 했다. "이달의 책은 뭐예요?" 하고 아이들이 물어 왔기 때문이다. 아이들에게 의심받지 않으려면 어쩔 수 없이 일을 하는 수밖에 없었다.

《나도 단추가 될 수 있다》, 《그러니까 단추다》, 《행복한 단추》, 《슬기로운 단추 생활》, 《마녀의 단추 사용

법》, 《단추의 일생》, 《미운 놈 단추 하나 더 주기》 등의 책을 〈사서가 추천하는 이달의 책〉 책장에 올려 두었다. 단추 마녀는 가장 눈에 잘 띄는 안내판 가운데에 헝겊 쥐 인형을 딱 붙여 놓았다. 그러고는 히히히 웃었다.

스컹크는 안내판을 보자마자 화가 났다.

캬오옥! 캬오오옥!

자신이 가장 사랑하는 헝겊 쥐 인형을 단추 마녀가 마음대로 함부로 대해서다. 스컹크는 펄펄 화가 나 발을 구르고, 고개를 흔들고, 자리에서 뱅글뱅글 돌았다. 하지만 단추 마녀는 눈치채지 못했다.

단추 마녀는 도서관 안을 둘러보았다. 몇몇 아이들이 서가에서 책을 꺼내 읽고 있었다.

'으음, 저 말라깽이는 빨간 단추가 딱이야.'

단추 마녀는 생각만으로 기분이 좋아져서 쿡 웃었다.

‘재도 단추 될 날이 얼마 남지 않았어.’

단추 마녀는 마음이 흐뭇해져서 쿡쿡 웃었다.

“단추가 많이 모이면 전부 어떻게 꽂을까? 단추 이름 순서대로 꽂을까?”

스컹크한테 대답을 기대한 건 아니었다. 단추 마녀는 늘 질문과 대답을 혼자서 다 했으니까.

“아, 단추를 맛별로 꽂는 게 더 좋겠다. 아니, 색깔이나 모양별로 꽂는 게 더 낫겠지?”

그때 서하가 책을 읽다 말고 단추 마녀에게 물었다.

“네? 뭐라고요? 뭘 꽂는데요?”

“아니야, 생각만 해도 너무 기뻐서 나도 모르게 나온 말이란다. 넌 못 들은 걸로 해.”

“네?”

“어서 네 일이나 하라고!”

서하는 아무리 생각해도 이상한 할머니라고 생각했다. 다시 서하가 책을 읽으려 할 때였다. 갑자기 도서관이 단추 마녀의 목소리로 쩌렁쩌렁 울렸다.

"아무짝에도 쓸모없는 멍텅구리 녀석! 썩 돌아오지 않으면 널 단추로 만들고 말 테닷!"

스컹크가 안내판에서 헝겊 쥐 인형을 떼려다가 〈사서가 추천하는 이달의 책〉 책장을 망가뜨린 것이다. 그러다가 단추 마녀에게 들키자 잡히지 않으려고 날쌔게 여기저기 뛰어다니고 있었다. 스컹크가 서하 쪽으로 발걸음을 옮겼다. 그러고는 서하 등 뒤에 숨어 빼꼼 단추 마녀를 쳐다보았다.

무슨 일인지 대충 눈치챈 서하는 단추 마녀를 막아 내듯 몸을 움직였다.

"바보, 멍청이, 똥쟁이, 버릇없는 굼벵이 같은 녀석, 번갯불에 맞춰 온종일 줄넘기 할 녀석! 이리 와, 어서 오라고!"

단추 마녀의 말과 동작에 맞춰 서하의 몸이 뱅그르르 돌았다. 한 바퀴, 두 바퀴, 세 바퀴, 같이 돌면서도 단추

캬아앙!
뿌우우웅

마녀는 잠시도 입을 가만두지 않았다.

"얼빠진 딱정벌레 같은 녀석, 얼치기의 고린내 나는 양말 같은 녀석, 돌을 쪼다 그 돌 조각에 꿀밤을 맞을 녀석, 이런 멍텅구리 고양이는 내 인생에서 처음이야, 한심한 까불이 고양이 스컹크!"

마침내 단추 마녀가 잽싸게 서하의 뒤로 날아와서는 "잡았다!" 하며 두 손으로 스컹크를 붙잡아 올렸다. 순간, 스컹크 엉덩이에서 커다란 방귀 소리가 "뿌우우웅" 터져 나왔다.

단추 마녀는 물벼락을 맞은 표정으로 눈을 질끈 감고 어쩔 줄을 몰라 했다.

"으아아, 푸아아, 푸아아, 이 골칫덩이 스컹크!"

단추 마녀의 야단에도 스컹크는 그물에 걸린 호랑이처럼 몸부림치며 비명을 내질렀다. 단추 마녀한테 붙들리고도 저항을 멈추지 않았다.

캬아옹

캬아웅 야웅 가야웅!

스컹크는 사랑하는 헝겊 쥐 인형을 구하지 못해 몹시 억울한 것 같았다. 가까스로 단추 마녀의 손아귀에서 벗어난 스컹크는 도서관에서 가장 높은 곳에 올라갔다. 가장 큰 책장 끄트머리였다. 스컹크는 조금도 화가 누

그러지지 않았다. 자신의 헝겊 쥐가 단추처럼 안내판에 딱 붙어 있다는 것에 부글부글 화가 나 참을 수 없었다.

스컹크는 책장의 책들을 떨어뜨리기 시작했다.

탁탁 타다닥 타다닥…….

단추 마녀가 책장 아래에서 책을 받아 내기 위해 두 팔을 벌렸다. 하지만 책들은 양날개를 펄럭이며 엉뚱한 곳에 떨어졌다. 그 모습을 본 스컹크는 화가 좀 풀렸다. 으아옹 까아옹 꺄아옹 소리를 내고는 앞발을 흔들었다.

탁 타다닥 타다닥 탁 타다닥…….

책을 던지는 데 특별한 요령이 생긴 스컹크는 더 많은 책을 빠른 속도로 내던졌다. 톡톡톡톡 발을 휘두르니 툭툭툭툭 책이 떨어졌다. 촉촉촉촉 팔을 휘두르니 콱콱 콱콱 책이 떨어졌다.

단추 마녀는 여기저기 팔짝팔짝 펄쩍펄쩍 뛰어다녔으나 책을 하나도 받아 내지 못했다. 스컹크가 엉덩이를 흔들며 좋아했다. 그 뒤로 책장에 꽂혀 있던 책들이 무더기로 바닥을 향해 곤두박질쳤다.

사실 단추 마녀는 마법으로 많은 책들을 너끈히 받아 낼 수 있었지만 시도조차 하지 않았다. 다 그럴 만한 이유가 있었다. 마법의 기운을 아무 데나 쓸 수 없기 때문이다. 특히 요즘처럼 단추를 많이 만들어야 하는 때는 더 기운을 아껴야 했다. 그래야 예쁘고 멋진 단추를 흠뻑 만들 수 있어서다. 단추를 만들기 전, 마법의 기운을 허투루 쓰지 않는 것, 이것이 마녀 세계에서 가장 중요한 규칙이었다.

단추 마녀가 체조 선수처럼 몸을 날렵하게 움직인 끝에 어렵사리 한 권의 책을 받아 냈다. 앞표지에 《고양이와 사이좋게 사는 법》이라고 쓰여 있었다.

단추 마녀는 그 책을 흔들며 소리쳤다.

"스컹크! 아무짝에도 쓸모없는 멍텅구리 녀석, 맛난 구더기 튀김을 실컷 먹여 놨더니 힘이 펄펄 나서 책들을 내던지네. 이젠 간식도 촉새 모이만큼만 줄 거야. 여

태 너 같은 철부지 녀석은 본
적이 없어. 냉큼 내려오지
못해?”

그때 단추 마녀의 고양이
스컹크가 책장에서 책을 던지
다 말고 서하와 눈이 딱 마주쳤
다. 순간, 책을 내던질 때와는 전혀

다른 얼굴로 바뀌었다.

스컹크 눈에 비친 서하의 얼굴은 반짝반짝 빛이 나는 것 같았다. 싱글싱글 방글방글 터져 나오는 웃음을 감출 수 없었다. 스컹크는 가슴이 뛰어 아주 잠시 눈을 감았다.

세상에서 오직 한 사람하고

만 친구가 될 수 있다면 그건 바로 서하일 거라고 생각했다. 스컹크는 어느새 서하가 있는 곳으로 가뿐히 내려왔다.

"네 이름이 스컹크니?"

서하의 물음에 스컹크는 귀여운 척, 새침한 척, 얌전한 척 눈을 내리깔며 빙긋 웃었다. 단추 마녀는 스컹크와 서하를 번갈아 보며 눈을 부라렸다. 그러다가 못 볼 것을 본 것처럼 눈을 질끈 감고서 얼굴을 흔들었다.

스컹크는 서하 앞에서 얼음이 된 듯 가만있었다. 심장이 심하게 뛰어 움직일 수 없었다. 스컹크는 천천히 고개를 들어 서하를 바라보았다. 그것은 바로 서하와 친구가 되기로 굳게 결심한 눈이었다.

단추 마녀는 서하를 쫓아 버리고 싶었지만 그럴 수 없었다. 단추로 만들고 싶었지만 그럴 수도 없었다. 아무런 잘못도 없는 아이에게 괜히 마법을 걸었다가는 되레 마녀가 단추로 변해 버릴 수도 있어서다.

단추 마녀가 도서관 사서가 된 이유는 딱 한 가지다.

바로 단추를 많이 모으는 것!

그동안 편식하고, 떼쓰고, 거짓말하고, 욕하고, 때리고, 돌 던지고, 매일 늦잠 자고, 게으르고, 욕심 부리고, 게임만 하고, 말썽만 피우는 아이들을 단추로 만들어 왔다.

하지만 갈수록 마녀에게 걸려드는 아이들이 줄어들자 목표를 바꿔야 했다. 책을 안 읽거나, 접거나, 찢거나, 건성건성 읽고 다 읽은 척하거나, 책에다 코딱지를 묻히거나, 침을 묻히거나 하는 어린이들을 단추로 만드는 것이다.

이건 절대로! 절대로! 절대로! 비밀인데, 단추 마녀는 나쁜 아이만 단추로 만들 수 있다.

단추 마녀의 노래

다음 날도 단추 마녀는 기분이 좋았다. 단추만 생각하면 기쁨으로 가슴이 벅차올랐다. 게다가 간식 시간에 구더기 튀김 샌드위치와 시궁차를 먹었더니 기분이 마구 좋아졌다.

"오늘부턴 더 열심히 단추를 만들어야겠어."

이제 곧 단추로 가득 찰 마법 도서관을 생각하자 엉덩이가 들썩거릴 정도로 신이 났다. '요즘 아이들은 책을 잘

읽지 않고 함부로 다룬다.'는 신문 기사를 읽고 나서는 결승점을 눈앞에 둔 달리기 선수처럼 설레기까지 했다.

급기야 단추 마녀는 흥을 주체하지 못해 고래고래 소리를 지르듯이 노래를 부르기 시작했다. 단추 마녀의 노랫소리는 비탈길에 놓고 돌리는 세탁기 소리처럼 통탕통탕 통탕통탕 요란하고 시끄러웠다.

책이란 아무짝에도 쓸모없는 것.
세상에 재밌는 게 얼마나 많은데 책을 읽어?
세상에 맛있는 게 얼마나 많은데 책을 읽어?
책을 읽을 바엔 차라리 스컹크 방귀 소리에
춤추는 게 낫지.
책을 읽을 바엔 차라리 스컹크랑 싸우는 게 낫지.

책이란 아무렇게나 다뤄야 하는 것.
접고, 구기고, 밑줄 긋고, 찢어 버려야 해.

접고~ 구기고
밑줄 긋고
찢어!
단추 단추
좋아 좋아

침 묻히고 때 묻히고 코딱지를 묻혀야 해.

이런 어린이여야 단추로 만들 수 있거든.

멋있는 단추, 근사한 단추, 나는 단추를 좋아해~

좋아해~ 좋아해~ 좋아해~

멍청한 꼬마들로 만든 단추를 나는, 나는 제일 좋아해~

단추 마녀는 단추 단지에 그득하게 채워지고 책꽂이에 가득 꽂힐 단추들을 생각하니 엉덩이춤이 절로 나왔다. 노래는 음정, 박자가 하나도 맞지 않았지만 단추 마녀는 온통 희망에 차 있었다. 도서관에서 책을 찢거나 던지는 아이, 책에 밑줄을 긋거나 낙서하는 아이, 침을 묻히거나 코딱지를 묻히는 아이들을 절대 놓치지 말아야겠다고 다짐하고 또 다짐했다.

쉬는 시간 종이 울리자마자 아이들이 도서관으로 몰려왔다. 한 아이가 단추 마녀에게 물었다.

"오늘도 우리 사서 선생님은 안 오셨어요?"

"알면서 왜 물어?"

단추 마녀는 세상 모든 어른들과 달랐다. 단추로 만들 수 있는 아이들만 좋아했다. 특히 책을 베개로 쓰거나, 뜨거운 냄비의 받침으로 쓰거나, 책에 낙서하는 아이들을 좋아했다. 하지만 단추와 상관없는 소리를 하는 아이는 높은 책장 위에 세워 두고 싶을 정도로 싫어했다.

찬이가 도서관 여기저기에 걸린 단추들을 보며 물었다.

"할머니, 아니 선생님, 저게 뭐예요?"

"단추야."

"단추가 여기에 왜 있어요?"

"단추 도서관이니까."

"그러니까, 도서관에 왜 단추가 있어요?"

"단추 도서관이니까."

"아니, 왜 도서관 이름이 단추 도서관이냐고요."

"도서관에 단추가 있으니까!"

"도서관에 왜 단추가 있냐고요!"

뭐!
뭐!
왜요?
왜요?
뭐!

"도서관 이름이 단추 도서관이니까!"

찬이와 단추 마녀의 질문과 대답은 한동안 이어졌다.

찬이와의 입씨름에 지친 단추 마녀가 아이들을 둘러보며 말했다.

"이달의 추천 도서야, 잘 봐 둬. 책 제목은《좋은 단추 되는 법》이야!"

아이들이 고개를 갸웃거렸다.

"책 제목이 이상해요."

"단추가 된다고요?"

그러자 단추 마녀의 얼굴에 웃음기가 번졌다.

'난 너희들을 단추로 만들어야 하거든.'

이 말은 비죽비죽 나오는 웃음과 함께 꿀꺽 삼켰다.

단추 마녀는 큼큼 헛기침을 하고 말했다.

"얘들아, 온종일 도서관 문을 열 거야. 왜 그러냐고? 내 맘이야. 난 사서 선생님이니까."

단추 마녀의 목소리가 더 커졌다.

"너희들, 책을 어떻게 봐야 하는지 말해 봐."

"책을 깨끗이 읽어야 해요."

찬이가 씩씩하고 용감하게 대답했다. 하지만 다른 아이들은 입술만 딸싹거렸다.

"책을 찢으면…… 안…… 돼요."

"음음, 밑줄 그으면 안……."

단추 마녀는 듣지 말아야 할 소리를 들은 것처럼 이마에 주름을 잔뜩 만들며 눈을 치떴다.

"으이구, 여긴 죄다 멍텅구리들만 모였나? 이제부턴 그 반대로 해야 해."

단추 마녀가 집게손가락을 흔들었다.

"네에?"

"에엥?"

아이들은 무슨 뜻인지 몰라 멍하니 서로의 얼굴만 바라보았다.

그때였다. 한쪽에 조용히 있던 동훈이가 호기심이 가

득한 눈으로 책을 몇 장 부욱 찢었다.

"이렇게요?"

단추 마녀의 말이 참말인지 아닌지 꼭 확인하려는 것 같았다. 단추 마녀의 환한 얼굴을 본 동훈이가 책장을 또 와락 구겼다. 그때였다. 동훈이가 뿅 하고 사라지고 파란색 단추 하나가 바닥에 톡 떨어진 것은.

아이들은 소스라치게 놀랐다.

"아, 아……."

"엄마, 무서워……."

아이들이 공포로 가득 찬 눈으로 벽에 붙은 커다란 단추를 쳐다보았다. 큰 단추 옆에는 알록달록한 작은 단추들이 수없이 박혀 있었다.

"그렇다면 저 단추들은……."

그때 수업 시작종이 울렸고, 아이들은 교실로 돌아갔다. 너무나 큰 충격을 받은 아이들은 도서관에서 본 것을 아무에게도 말하지 않았다. 꿈을 꾼 듯, 마법에 갇힌

!!
긋!
!!
부욱!!
헐!
웁스!
톡!
헉!
헉!
!!

듯, 모든 게 이상하고 믿을 수 없었기 때문이다.

이상한 건 선생님들도 마찬가지였다. 아이들의 놀란 얼굴을 보고도 아무 말도 하지 않았다. 가슴께 단추 하나씩을 단 후로는 빛바랜 얼굴에 초점 없는 눈으로 멀거니 서 있을 뿐이었다.

수업이 끝난 후 책을 빌리러 온 서하는 갈수록 도서관이 이상해지고 있다고 생각했다. 벽마다 온통 단추가 박혀 있고, 책이나 물건에도 단추 모양 도장이 선명하게 찍혀 있었다.

도서관을 둘러보다 서하는 같은 반 정민이와 눈이 마주쳤다. 도서관에 책보다 단추가 더 많아지는 게 이해되지 않는다는 뜻으로 두 손을 펴고 어깨를 으쓱했다.

단추 마녀는 도서관에 온 아이들이 너무 못마땅했다. 도서관에서는 욕을 하고 싸우거나, 책을 찢고 망가뜨려야 하는데 아이들이 사서 선생님을 찾거나 얌전히 책을 꺼내 읽어서였다. 단추 마녀는 이런 아이들을 싫어했다. 특히 착하고 친절하고 마음씨 고운 아이들은 딱 질색이었다. 절대로 단추로 만들 수 없기 때문이다. 단추 마녀는 나쁘고 못된 아이들을 좋아했다. 단추로 만들 수 있기 때문이다.

도서관에 파란색 막대 사탕을 쪽쪽 빨면서 책장을 마구 넘기는 아이가 나타났다. 김준이었다. 단추 마녀보다 서하가 먼저 준이를 보았다. 서하의 눈에는 준이의 행동이 아주 거슬렸다.

'책을 그렇게 넘기지 말라고 할까? 나더러 무슨 상관이냐고 따지면 어쩌지?'

서하는 망설이다가 다른 책꽂이로 발걸음을 옮겼다. 집에서 책을 함부로 다루던 동생이 생각나 '그럴 수도 있지.' 하며 이해하기로 한 것이다.

그때였다. 단추 마녀가 준이를 본 것은.

사냥감을 향해 날아온 독수리처럼 단추 마녀가 잽싸게 준이에게로 다가왔다. 아무것도 모르는 준이는 계속

막대 사탕만 쪽쪽 빨고 있었다.

"훌륭한 아이가 여기 있었구나. 막대 사탕을 빨며 책을 보는 건 아주 좋은 일이야. 책에 끈적끈적한 침을 발라도 돼. 작은 책으로는 제기차기를 하고, 책을 북북 찢어도 상관없어."

선생님에게 혼나지 않을까 긴장하던 준이의 얼굴이 확 풀렸다.

"진짜요?"

"그럼, 아주 신나는 일이 생길 거야."

다른 책꽂이에 가 있던 서하는 대화 소리를 듣고 준이가 있던 곳으로 돌아왔다. 그새 준이는 보이지 않았고 단추 마녀가 웃으며 바닥에서 파란 단추 하나를 줍고 있었다.

"준이 어디 갔어요?"

허리를 펴던 단추 마녀는 코앞에 있는 서하의 얼굴을 보고 깜짝 놀랐다.

"에이구, 깜짝이야."

"준이 조금 전까지 여기 있었는데 못 보셨어요?"

단추 마녀는 아직 채 웃음이 가시지 않은 얼굴을 감추려 괜히 허리를 구부렸다. 그러고는 바닥에 팽개쳐진 준이가 보던 책을 수레에 던졌다.

"왜 자꾸 물어? 난 세상에서 그런 걸 묻는 애가 제일 싫어."

그러자 서하는 웅얼거리듯 말했다.

"조금 전까지 여기 있었는데, 애가 안 보여서요……."

단추 마녀가 새로운 걸 알려 주는 선생님처럼 말했다.

"너도 똑바로 알아야 해. 책을 접고 찢고 구기는 건 좋은 거야! 때를 묻히고 코딱지 묻히고 밑줄 긋는 것도 괜찮아. 세상에 얼마나 신경 쓸 일이 많은데 책을 깨끗하게 보는 것까지 신경을 써? 책은 개똥이나 빈 과자 봉지처럼 함부로 다루는 게 최고야! 그래야……."

서하가 이해할 수 없다는 듯 고개를 갸웃거렸다. 그때

단추 마녀의 마지막 말이 귀에 들어왔다.

"그래야 단추로 만들지."

서하의 목소리가 톡 튀어나왔다.

"네? 뭐, 단추요?"

그때 도서관 한쪽에서 한 아이가 크게 재채기를 했다.

"에취! 콧물이 나요. 할머니, 아니 사서 선생님! 휴지 좀 주세요."

그랬더니 단추 마녀가 혀를 끌끌 찼다.

"나는 사서지 휴지를 배달하는 사람이 아니야."

"네? 그럼 어떡해요?"

"뭘 어떡해? 책을 찢어서 콧물 닦으면 되지."

단추가 된 아이들

하루, 이틀, 사흘……. 시간이 갈수록 책장에는 책 대신 단추들이 하나둘 꽂히기 시작했다. 도서관 사방 벽도 하나둘 박힌 단추들로 알록달록해졌다.

단추 마녀는 단추를 꽂는 일에 정말 열심이었다.

"비듬 범벅 맛 단추는 이쪽, 코딱지 맛은 저쪽에 둬야 해. 마녀 침 바른 맛과 동생 똥 기저귀 맛은 뒤쪽이지. 이건 급식 잔반 국물 맛, 이건 썩은 콩자반 맛, 이건 칼로 오려 낸 종이 맛, 이건 초콜릿 범벅된 포장지 맛, 이건 썩은 토마토 으깨진 맛……."

서하가 책을 읽다가 화장실에 다녀온 사이에도 단추가 부쩍 많아졌다. 서하는 단추 마녀를 물끄러미 바라보았다. 이상하거나 의심스러운 점이 아주 많았다. 눈앞에 풀어야 할 수수께끼가 놓인 느낌이었다.

시간이 지나도 홍미 선생님은 보이지 않고, 책장에 읽고 싶은 책들은 하나둘 사라지고, 그 자리에 세모 단추, 네모 단추, 동그란 단추, 오각형 단추 등 갖가지 단추들이 채워지는 상황이 아무리 생각해도 이해가 되지 않았다.

다른 아이들도 둘레둘레 사라진 책을 찾아 도서관을 헤매기도 했다.

"할머니, 아니 선생님! 책이 왜 없어요? 읽고 싶은 책이 있었는데 안 보여요."

"맞아요, 《별볼일 없는 마녀들》 있던 자리에 세모 단추가 있어요."

"왜 자꾸 단추만 많아져요?"

서하가 묻기 시작하자 기다렸다는 듯 다른 아이들의 질문도 터졌다.

"〈스컹크의 모험 시리즈〉 5권 어디 있어요? 《스컹크의 생일 파티》 한 번 더 읽고 싶은데……."

"여기 있던 《도시락 도둑》 그림책 어디 갔어요?"

그러자 단추 마녀는 단추를 불쑥 내밀었다.

"그깟 거 읽어서 뭐 해? 단추나 빌려 가."

"왜요? 단추를 빌려 가서 뭐 하는데요?"

"맛을 보면 되지. 단추를 혀로 핥아서 맛보는 게 얼마나 멋진 일인데. 책처럼 지루하고 형편없는 물건보다 백 배는 나아."

단추 마녀는 시범 삼아 분홍색 단추를 입에 넣고 오물오물 쪽쪽 빨았다. 서하와 옆에 있던 아이들의 입이 헤 벌어졌다.

"으음, 이건 아주 짭짤한 코딱지 맛이야."

!!
낼름~

정민이가 징그러운 걸 보았을 때처럼 입술을 씰그러뜨리며 물었다.

"지금 뭐 하시는 거예요?"

기가 막히긴 서하도 마찬가지였지만 일단 침착하기로 했다. 아무렇지도 않은 듯 단추 마녀에게 물었다.

"근데 이게 코딱지 맛인 건 어떻게 아세요?"

단추 마녀는 맛을 감상하다 말고 눈을 번쩍 떴다.

"내가 제일 좋아하는 단추니까, 백 번도 더 맛을 봤거든."

단추 마녀가 침으로 번질거리는 단추를 입에서 꺼내 내밀었다.

"어서 너도 빌려 가서 맛보렴."

"우웩."

아이들은 화들짝 놀라 도망쳤다. 꼬리꼬리한 냄새가 나는 것 같아 코를 싸맨 아이도 있었다. 정민이는 허옇게 질린 얼굴로 교실로 돌아가 버렸다.

서하는 파란 단추를 남기고 사라진 준이가 생각나 단추 마녀에게 물었다.

"그런데요, 단추가 많아지면 뭐가 좋아요?"

"단추로 가득 찬 마법 도서관을 만들 거야. 단추가 드글드글한 단추 마법 도서관을."

"단추로만 가득 채워져 있으면 그게 무슨 도서관이에요? 박물관이지. 할머니 아니 선생님은 그것도 몰라요?"

"책을 읽으면 무슨 내용인지 알 수 있잖아. 단추도 맛을 보면 여기에 갇힌 아이들이 어떤 아이들인지 다 알 수 있어. 책에 무슨 짓을 하다가 단추가 됐는지 말이야. 책이나 단추나 마찬가지지. 그러니 박물관이 아니고 도서관이야. 넌 그것도 모르니?"

단추 마녀의 말에 서하는 너무 놀라 심장에서 돌멩이 떨어지는 소리가 났다.

'사라진 아이들이 모두 단추가 된 건가? 정말? 설마…….'

단추 마녀는 자신이 무슨 말을 하는 줄도 모르고 계속

떠들었다.

“세상에서 가장 먼저 사라져야 할 물건이 있다면 그건 책이야. 책 따위를 읽어서 뭘 해? 시궁차를 끓일 때 아궁이 불쏘시개로도 못 쓸 텐데…….”

그런데 이상한 일이었다. 서하가 도서관에서 빌린 책에 동생이 낙서를 한 적이 있었다. 책을 함부로 다룬 사람이 단추가 된다면 자기도 벌써 단추가 되었어야 했다.

‘나는 왜 단추가 되지 않았을까?’

그때 운동장에서 축구 경기를 마친 우성이가 헐레벌떡 도서관으로 들어왔다. 얼굴은 온통 땀범벅이었다. 우성이는 짝꿍에게 대장처럼 거들먹거렸다.

“야, 우리 숙제가 뭐라고?”

“이 책 10쪽부터 50쪽까지 읽고 정리하는 거.”

짝꿍은 종이와 연필을 쥐고 당장 숙제를 해결할 모양이었다. 그러자 우성이는 짝꿍을 훅 밀쳤다.

“야, 저리 가 봐. 이걸 언제 읽고 정리하냐? 할머니 사서 선생님이 책을 함부로 다뤄도 된댔어."

우성이는 책을 움켜쥐더니 우악스럽게 북북 찢었다. 멀쩡하던 책이 우성이의 손끝에서 순식간에 망가져 버렸다. 그 모습을 지켜보던 단추 마녀가 흐뭇해 죽겠다는 얼굴로 하하하 웃었다. 그때, 마법에 걸린 도서관 바닥에 땀범벅 맛 단추 하나가 툭 떨어졌다.

단추 마녀는 우성이가 찢은 책 한 권을 책 수레에 휘익 던졌다.

지하 창고에서 생긴 일

학교 선생님들은 한꺼번에 무슨 마법에라도 걸린 것 같았다. 눈은 빙글빙글 회오리 무늬를 그리고 있었고, 몸은 힘이 하나도 없는 허깨비 같았다. 마치 땅 위를 스르르 미끄러져 다니는 것처럼 보였다. 선생님들은 가끔 가슴에 달린 단추를 힘없이 내려다볼 뿐 아이들을 바라보지는 않았다.

서하는 교실 안을 둘러보았다. 시간이 지날수록 빈자

....
어.... 그. 래....

리가 점점 늘어 갔다. 정민이가 걱정 가득한 얼굴로 앉아 있었다.

"선생님, 준호가 안 왔어요."

정민이가 선생님한테 말을 걸었다. 어떻게든 예전의 상태로 되돌리고 싶은 마음에서였다. 그러자 선생님이 시큰둥한 얼굴로 말했다.

"준호는 할머니 댁에 간다고 했어."

"네? 그럴 리가요. 준호 할머니는 준호랑 같은 아파트에 사세요."

"그럼 시골 할아버지 댁에 갔나 보다."

정민이가 할 말을 잃은 표정으로 선생님을 바라보았다.

그러자 다른 모둠 서영이가 선생님에게 말했다.

"민철이도 안 왔어요."

그러자 선생님은 초점 없는 눈으로 심드렁하게 대꾸했다.

"응, 체험 학습 간다고 연락 왔어."

"일주일이 넘었는데도요?"

"그래? 그럼 외국에 갔나 보다."

서영이는 고개를 갸웃했다. 서하는 선생님이 이상해 보였다. 아이들이 하나둘 사라졌는데도 아무렇지 않은 것 같았다.

복도에서 만난 옆 반 선생님도 마찬가지였다. 무엇이든 귀찮아했다.

"선생님, 합동 체육 시간 어떡해요?"

"기운 없으니 나중에."

교감 선생님도 그랬다.

"교감 선생님, 안녕하세요?"

"귀찮으니까 인사는 나중에."

교장 선생님도 무표정한 얼굴로 말했다.

"가만있어, 조용히!"

선생님들의 얼굴이 모두 종잇장처럼 허여멀겠다. 오직 가슴 언저리에 있는 단추만이 선명했다.

서하는 정민이를 불러 비밀을 나누듯 작은 목소리로 말했다.

"홍미 선생님과 아이들이 사라졌어. 다른 선생님들도 모두 마법에 걸린 것 같고. 난 수수께끼를 풀고 싶어."

정민이도 고개를 끄덕였다.

"그래, 이상한 점이 한두 가지가 아냐. 정말 아이들이 단추가 된 걸까?"

둘이 함께 이야기를 나누다 보니 의심과 호기심이 더 커졌다.

"아무래도 사서 할머니가 이상해. 말로만 듣던 '단추 마녀'일지도 몰라. 선생님과 아이들이 모두 마녀의 마법에 빠진 거라면 어떻게 해야 할까? 우리 사서 선생님은 대체 어디 계신 걸까?"

서하의 말에 정민이가 두 주먹을 불끈 쥐며 말했다.

"사서 할머니한테 꼬치꼬치 캐물어 볼까?"

서하는 고개를 흔들었다.

"그걸 말해 줄 리 없어. 차라리 스컹크한테 물어보는 게 나을 것 같아. 사서 할머니랑 항상 같이 있으니 상황을 잘 알 것 같고, 무엇보다 스컹크가 나를 잘 따르거든."

서하는 어서 빨리 스컹크를 만나야겠다고 생각했다.

같은 시간, 스컹크는 단추 마녀에게 잔소리를 듣고 있었다.

"스컹크! 임무를 제대로 수행해. 그래야지 헝겊 쥐 인형을 돌려주고 맛있는 간식도 많이 줄 거야."

스컹크는 새침한 얼굴로 책 수레를 밀고 지하로 내려갔다. 홍미 선생님은 여전히 책 병원에서 망가진 책들을 수선하고 있었다. 두꺼운 책을 튼튼하게 묶고 나서 이마에 땀을 닦으며 벽시계를 쳐다보았다.

"며칠은 일한 것 같은데 아직 두 시네. 시간이 엄청 느리게 흐르는 것 같아."

그러고는 주변에 산더미처럼 쌓인 책들을 둘러보며 중얼거렸다.

"그런데 참 이상하네. 우리 아이들이 책을 함부로 다루지 않는데 왜 이렇게 망가진 책들이 많지? 일을 해도 해도 끝이 없네. 하지만 힘들다고 중간에 멈출 수는 없어. 어서 서두르자."

홍미 선생님이 그림책에 있는 낙서를 지우고, 동화책을 다시 묶고, 찢긴 식물도감을 수선하는 사이, 스컹크는 책 수레를 밀고 와서 또 책을 부려 놓았다. 벽시계는 두 시 오 분을 가리키고 있었다.

단추 마녀가 사서 선생님 자리에서 단추를 세는 데 정신이 팔린 틈에 서하와 정민이가 도서관으로 들어왔다. 서하는 서가 뒤에서 스컹크를 기다렸다. 스컹크에게 사서 할머니에 대해 물어보면 대답해 줄 것 같았다.

잠시 기다리니 스컹크가 보였다. 책 수레를 밀며 도서관 문으로 들어오고 있었다. 단추 마녀의 앙칼진 목소리가 서하보다 빠르게 스컹크를 맞았다.

"아이들이 단추로 변하기 전에 보던 책들이 벌써 고쳐

졌네. 저쪽 구석에 갖다 놔! 스컹크!"

서하는 정민이가 있는 맨 뒤 서가로 갔다. 그러고는 귓속말을 했다.

"사서 선생님은 단추 마녀고, 학교와 도서관에 마법을 걸어 단추를 만들고 있는 것 같아."

정민이는 선생님들의 옷에 달린 단추를 수상하게 생각하고 있던 터라 쉽게 공감했다.

"그래, 아무래도 마법 단추 같아."

하지만 서하의 마음에는 여전히 시원스레 풀리지 않는 의문이 있었다.

'그럼 나는 왜 단추가 되지 않았지?'

그때 한 아이가 쭈글쭈글해진 책을 들고 나타났다. 단추 마녀의 얼굴에 함박웃음이 피기 직전 아이는 "선생님, 우리 형이 라면 먹으며 책 보다가 국물을 쏟았어요. 죄송해요. 제가 닦긴 했는데……."라고 했다.

그러자 단추 마녀가 얼굴을 찌푸리며 책 수레를 손가

락질했다.

"저기에 갖다 둬."

그러고는 한심해서 못 참겠다는 얼굴로 한 마디 덧붙였다.

"원래 책이란 뜨거운 냄비를 받칠 때 쓰는 거야. 그걸 왜 소중하게 다루는 거지? 옥수수 먹고 변비 걸린 하마 똥구멍처럼 멍청하긴."

그제서야 서하는 자신이 왜 단추가 되지 않았는지 알 수 있었다. 동생이 책에 한 낙서를 자신이 지우개로 깨끗이 지우고, 사서 선생님한테 사실대로 말했기 때문이었다.

단추 마녀와 마법 도서관

서하와 정민이는 도서관을 나서는 스컹크의 뒤를 밟았다.

끼익, 끼익.

스컹크는 책이 잔뜩 든 무거운 수레를 밀고 지하로 내려갔다. 스컹크의 어깨가 쑥 내려갔다. 수레보다 마음이 더 무거운 것 같았다.

지하 창고 같은 책 병원에 들어가기 직전, 스컹크는

고개를 돌려 쓰윽 뒤를 돌아보았다. 서하와 정민이는 숨을 참으며 복도 모서리에 몸을 숨겼다.

스컹크는 주변에 아무도 없는 것을 확인하고는 문을 열고 책 병원에 들어갔다. 높이 쌓아 올린 책 벽에 가려진 홍미 선생님은 스컹크가 온 줄도 몰랐다.

"아직도 고쳐야 할 책이 이만큼이나 있네. 얼른 올라가서 책 정리도 해야 하는데 어쩐담."

스컹크는 망가진 책들을 내려놓고, 수선된 책들을 수레에 실었다. 창고 같은 방이 꽉 차서 홍미 선생님이 고친 책들을 빼내야 다른 책들을 더 들일 수 있기 때문이었다.

서하와 정민이는 숨어서 스컹크를 기다렸다. 그러고는 스컹크가 책 병원에서 책 수레를 끌고 나오는 걸 보자마자 도서관으로 뛰기 시작했다. 스컹크보다 빨리 도서관에 도착해야 했다.

서하가 숨을 헐떡이며 말했다.

"책 수레에 실린
책들에 수수께끼의 해답이
들어 있는 것 같아."

"맞아. 책 병원 안에는 누가 있을까?"

두 사람이 도서관에 들어왔지만 단추 마녀는 갖가지

단추 맛을 보느라 누가 온 줄도 모르고 있었다. 자리에 앉아 양손에 각각 커다란 단추를 들고 쪽쪽 찹찹 츱츱 빨아 먹었다.

"시궁쥐 말린 맛과 똥 바른 맛 단추는 두 개를 함께 섞어 먹을 때가 최고 맛있어."

서하가 부러 바스락 소리를 냈다. 그랬더니 스컹크가 온 줄 알고 단추 마녀가 고개도 들지 않고 말했다.

"스컹크, 수선된 책들을 절대 제자리에 꽂아선 안 돼. 그럼 단추가 된 아이들이 원래 모습으로 되돌아온단……."

"헙!"

서하와 정민이가 소스라치게 놀랐다. 단추 마녀도 얼른 단추로 입을 막았다. 서하와 정민이가 단추 마녀를 쏘아보았다. 단추 마녀도 얼굴을 찌푸린 채 아이들을 노려보았다.

찌지직, 모두의 눈빛이 타오르는 것 같았다.

그때 책 수레를 끌고 도서관에 들어온 스컹크가 서하를 보고 반가워 잠시 꼬리를 세웠다가 금세 고개를 돌렸다.

서하가 책 수레 앞에 섰다. 정민이도 함께였다.

"여기 수선된 책들은 저희가 제자리에 꽂을게요."

"그럼 사라진 아이들이 돌아오겠죠?"

아이들의 말에 단추 마녀는 얼굴빛을 바꾸며 억지웃음을 지었다.

"하하하, 어디 할 수 있겠어? 책이 원래 어디에 있었는지 알아야 말이지."

단추 마녀는 아이들을 놀리기 시작했다.

"나와 스컹크는 다 아는데, 참 안됐다. 낄낄낄 깔깔깔 꼴꼴꼴……."

서하는 책 수레 있던 책을 한 권 들었다. 《도시락 도둑》이었다. 예전에 빌린 적 있는 책이어서 자리를 알 것 같았다. 정민이가 추켜든 책은 《장난감 백화점》이었

뿅!
쑥

다. 단추 마녀의 매서운 눈길 때문에 정민이는 책이 어디 있었는지 떠오르지 않았다. 일단 두 사람은 책꽂이를 향해 달려갔다.

"너희들이 퍽이나 잘도 하겠다! 후훗."

마음 푹 놓고 여유를 부리던 단추 마녀가 잠시 후 깜짝 놀라고 말았다. 서하가 책을 제자리에 꽂자 단추에서 '번쩍' 하며 빛이 나더니 은수가 나타난 것이다.

"안 돼! 얘들이 무슨 짓을 하는 거야?"

사람으로 돌아온 은수가 아주 잠시 어리둥절했다가 금세 팔짝팔짝 뛰며 좋아했다.

"진짜 답답했는데 살았다!"

하지만 아직 기뻐할 때가 아니었다. 정민이는 손에 든 책을 여기저기 이곳저곳에 꽂아 보았지만 달라지는 것은 없었다. 초조하고 불안해져서 금방이라도 울음이 터질 것 같았다.

"그건 내 거야!"

단추 마녀가 정민이의 책을 억지로 빼앗으려 할 때였다. 스컹크가 안내판에 걸린 헝겊 쥐 인형 앞에서 뱅글뱅글 돌았다. 심부름을 다 했으니 빨리 인형을 달라는 것 같았다. 서하가 헝겊 쥐 인형을 떼러 안내판으로 다가갔다.

"멈춰!"

단추 마녀가 날카롭게 소리쳤다. 그러거나 말거나 서하는 용감하게 안내판에 걸린 헝겊 쥐 인형을 뗐다.

"스컹크를 괴롭히는 건 동물 학대 아닌가요?"

서하는 스컹크에게 인형을 던져 주었다. 스컹크는 헝겊 쥐 인형을 안고 좋아서 어쩔 줄 몰라 하더니 불쑥 사서 선생님 의자를 가리켰다. 그다음에는 손가락으로 아래쪽을 가리켰다. 지하실에 홍미 선생님이 있다는 뜻이었다. 홍미 선생님은 책 위치를 잘 알고 있으니 선생님만 데려오면 모든 게 해결될 일이었다.

서하가 정민이에게 말했다.

"우리 사서 선생님을 찾으러 가자!"

단추 마녀는 스컹크를 혼내느라 아이들을 막을 겨를이 없었다.

"못생긴 스컹크 녀석, 버르장머리가 밴댕이 허파만큼도 없는 녀석, 밤을 까먹다 알밤은 똥통에 빠뜨리고 껍질만 먹을 녀석, 이럴 줄 알았으면 간식도 안 주는 건데……."

굿바이, 스컹크!

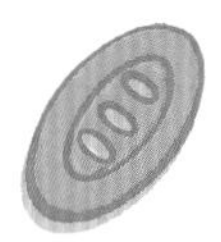

서하와 정민이는 책 수레를 끌고 지하 창고로 달려갔다. '책 병원'이란 안내판 아래에 커다란 단추가 하나 붙어 있었다. 서하가 단추를 확 잡아뗐다. 그러자 단추 마녀가 걸어 둔 공간 마법이 힘을 잃었다.

우당탕탕 소리와 함께 벌컥 문이 열리자 홍미 선생님이 어리둥절한 얼굴로 자리에서 일어섰다.

"선생님, 빨리 가요, 어서 가서 아이들을 구해 주세요."

"뭐라고?"

홍미 선생님이 고개를 갸웃했다.

"선생님들이 모두 단추 마녀의 마법에 걸렸어요."

"이곳도 여태까지 마법 공간이었고요."

그러자 홍미 선생님도 퍼뜩 정신이 들었다.

"그랬구나. 어쩐지, 정말 이상한 일이 많았어."

서하와 정민이는 마음이 급했다.

"빨리 가요, 빨리! 이야기는 나중에 해요. 수선된 책을 원래 있던 자리에 꽂아야 아이들이 다시 돌아올 수 있대요. 어서 가서 선생님들도 구해야 해요."

"그래, 일단 도서관으로 가자."

서하와 정민이, 홍미 선생님은 책 수레에 수선된 책을 싣고 도서관으로 향했다. 복도에서 마주친 단추 마녀가 책 수레에 마법을 걸려고 했지만 아이들을 단추로 만드는 데 기운을 너무 많이 써서 잘 안되는 것 같았다.

답답하긴 세 사람도 마찬가지였다. 급한 마음도 모르

고 수레바퀴가 삐걱거려서 속도가 잘 나지 않았다. 결국 세 사람은 책 수레에 실었던 책들을 품에 안고 달렸다.

그 모습을 본 단추 마녀는 커다란 단추들을 복도에 굴려 세 사람을 방해했다. 마녀의 손에서 쏟아져 나온 단추들이 커다란 돌 공처럼 빠르게 구르기 시작했다.

"앗, 저것 봐."

"조심해!"

하지만 커다란 단추들은 얼마 못 가 맥이 풀리고야 말았다. 부피만 큰 플라스틱 쟁반처럼 휘청휘청 흔들흔들거리더니 여기저기 푹푹 나자빠졌다. 단추들은 완전히 멎기까지 빈 수레처럼 요란한 소리를 냈다.

"안 돼!"

아이들과 홍미 선생님이 다시 달리기 시작했다.

스컹크가 도서관에서 헝겊 쥐 인형을 안고 노는 사이, 세 사람이 단추 마녀의 방해를 이겨 내고 도서관에 다다랐다. 뒤따르던 단추 마녀가 스컹크에게 복도가 쩌렁

짜렁 울리도록 소리쳤다.

“못난이 멍텅구리 스컹크, 어서 도서관 문을 잠가!”

단추 마녀의 외침에 스컹크가 마지못해 일어나 도서관 문을 닫았다. 마침 세 사람은 도서관 안에 막 들어오고 단추 마녀는 들어오지 못한 순간이었다. 그러거나

말거나 스컹크는 문을 잠그고 다시 헝겊 쥐 인형을 가지고 다른 곳으로 가 버렸다.

“바보, 멍청이, 똥쟁이, 버릇없는 굼벵이 같은 녀석, 번갯불에 맞춰 온종일 달리기 할 녀석! 어서 문을 열어, 어서 열라고! 이번엔 널 꼭 단추로 만들어 버릴 거야아!”

단추 마녀는 도서관 유리문에 얼굴을 바짝 대고 소리쳤다.

“멍청한 악어새의 헛다리 짚을 녀석, 모기 뒷걸음치다가 코끼리 밟을 녀석, 송장벌레 얼룩무늬에 똥물 튈 녀석, 진흙 양말 물고 가다 일곱 번 넘어질 녀석, 누워서 재채기 백만 번 할 녀석, 고무 총 쏘다 고무줄에 마빡 맞을 녀석, 이런 바보 멍텅구리 고양이는 내 인생에서 처음이야, 한심한 까불이 고양이 스컹크!”

단추 마녀는 실컷 욕을 하고도 분이 안 풀리는지 문 앞에서 물구나무를 선 채로 도서관을 노려보았다.

서하와 정민이는 홍미 선생님과 함께 책꽂이 앞으로 갔다.

"이 책은 여기에 꽂아. 저 책은 저기!"

홍미 선생님은 도서 번호를 보며 말했다. 서하가 선생님의 말대로 책을 꽂았다. 맨 먼저 준이가 소리 없는 폭죽처럼 반짝 하고 나타났다.

"우아, 돌아왔다! 신난다!"

파란 막대 사탕을 빨며 책을 찢다가 파란색 단추가 된 아이였다. 반가웠지만 인사는 나중에 하기로 했다.

"다음은 여기!"

정민이가 책을 꽂았다. 그러자 뿅 하고 우성이가 나타났다.

"아, 답답해 죽는 줄 알았네."

땀범벅 맛 단추가 된 아이답게 땀 냄새를 풍기며 머리를 긁적였다. 정민이는 우성이가 돌아온 걸 확인하고 후다닥 도서관 뒷문 쪽으로 몸을 돌렸다. 일 초라도 빨

!!
뿅
뿅

리 교무실로 가야 했기 때문이다.

"우성아, 우리를 도와줘."

서하의 부탁에 우성이도 책 꽂는 일을 도왔다. 아이들은 모두 홍미 선생님이 가리키는 손가락을 따라 책을 잘 꽂았다. 책벌레라는 별명을 가진 아이답게 서하의 속도가 가장 빨랐다.

여기, 저기, 이쪽, 저쪽, 요기, 조기, 옆쪽, 앞쪽, 뒤쪽, 그쪽에 책을 꽂았다.

뿅뿅뿅뿅 빵빵빵빵!

도서관에서 사라졌던 아이들이 모두 돌아왔다. 단추 마녀의 마법에 걸려 단추가 되었던 아이들이었다. 아이들은 저마다 서로의 이름을 부르며 좋아했다.

홍미 선생님은 책을 정리하고, 단추 마녀가 만든 〈사서가 추천하는 이달의 책〉 책장을 없애 버렸다.

정민이가 바람 소리를 내며 도서관에 달려 들어왔다.

"서, 서하야! 선, 선생님들 가슴에 달린 단추를 모두 떼어 드렸어. 그랬더니 다들 얼굴이 밝아지시더라. 마법에 걸린 게 맞았어."

숨을 몰아쉬는 정민이 말에 서하도 뛸 듯이 기뻤다. 얼굴이 환해진 두 사람은 손뼉 맞장구를 치며 하하 웃었다.

원래 모습으로 돌아온 아이들은 저마다 자기한테 있었던 일들을 이야기하느라 바빴다. 서하는 갑자기 스컹크가 생각났다. 헝겊 쥐 인형을 안고 어디로 갔을까?

서하는 스컹크를 찾고 싶었다. 도서관을 나와 운동장을 향해 걷는데 거무스름하고 작은 물체가 운동장 뒤쪽으로 휙 지나가는 것이 보였다. 서하는 스컹크를 부르며 후다닥 쫓아갔다. 하지만 스컹크는 보이지 않았다. 목을 빼고 둘레둘레 찾았지만 소용없었다. 서하는 스컹크가 어디선가 불쑥 튀어나올 것 같아 한참을 그대로

서 있었다.

서하는 운동장 뒤쪽을 향해 소리쳤다.

"스컹크, 넌 내가 본 고양이 중에 최고로 멋진 고양이야, 고마워!"

그때였다. 단추 마녀의 우렁찬 목소리가 들린 것은.

"스컹크, 이리 와! 빨리 오란 말이야아아아~! 의리 없

는 아메바, 말미잘, 짚신벌레 사촌 같은 녀석, 호박 넝쿨 앞에서 수박을 먹을 녀석, 이런 멍텅구리 고양이는 마녀 인생 오백 년 동안 처음이야, 아무짝에도 쓸모없는 헝겊 쥐 인형은 왜 갖고 다니고 난리야? 누가 그딴 걸 만들어 줬어? 내가 만들어 줬다고? 으이구, 한심한 말썽꾸러기 스컹크! 어서 꼬옥 잡아아아…….”

점점 단추 마녀의 목소리가 작아지더니 파란 하늘에 마법 바늘이 둥실 떠올랐다. 단추 마녀와 스컹크가 탄 마법 바늘이었다. 옥신각신하며 한동안 하늘에 떠 있던 마법 바늘은 커다란 단추 모양 동그라미를 그리고는 저 멀리 사라져 갔다.

서하는 마법 바늘이 콩알만큼 작아질 때까지 크게 손을 흔들었다.

“스컹크 잘 가, 안녕! 굿바이!”

캬아웅 캬웅!

구름 위에서 스컹크의 소리가 들리더니 곧바로 펄쩍 뛰는 마녀의 목소리가 들려왔다.

“버릇없는 고양이 녀석, 저 꼬마가 인사를 하는데 왜 나를 물어!”

크크크 캬캬캬캬~

스컹크의 웃음소리가 하늘 위로 가볍게 울려 퍼졌다.

단추 마녀의 고함소리가 작지만 또렷하게 들려왔다.

"내가 언젠가 돌아와서 너희 모두를 단추로 만들어 버릴 거야! 세상 모든 꼬맹이들을 다 단추로 만들어 버릴 거라고!"

단추 마녀가 완전히 사라진 후에도 단추 마녀의 목소리는 하늘 위에 남아서 한동안 울렸다.

단추우우우! 단추우우우우우우! 단추우우우우우우우!

서하는 도서관에서 빌린 책을 하늘을 향해 들어올리며 활짝 웃었다. 책을 아끼고 좋아하는 아이는 절대 단추가 되지 않을 거니까.

-끝-

행복한 책꽂이 30

단추 마녀와 마법 도서관

1판 1쇄 발행 2025년 2월 25일
글 정란희 | **그림** 한호진
펴낸이 김상일 | **펴낸곳** 도서출판 키다리
편집주간 위정은 | **편집** 이신아 | **디자인** 이기쁨 | **마케팅** 윤재영, 장현아 | **관리** 김영숙
출판등록 2004년 11월 3일 제406-2010-000095호
제조국 대한민국 | **사용연령** 8세 이상
주소 경기도 파주시 심학산로 10
전화 031-955-9860(대표), 031-955-9861(편집) | **팩스** 031-624-1601
이메일 kidaribook@naver.com | **홈페이지** www.kidaribook.kr
ISBN 979-11-5785-735-7 (74810) | 979-11-5785-734-0 (세트)

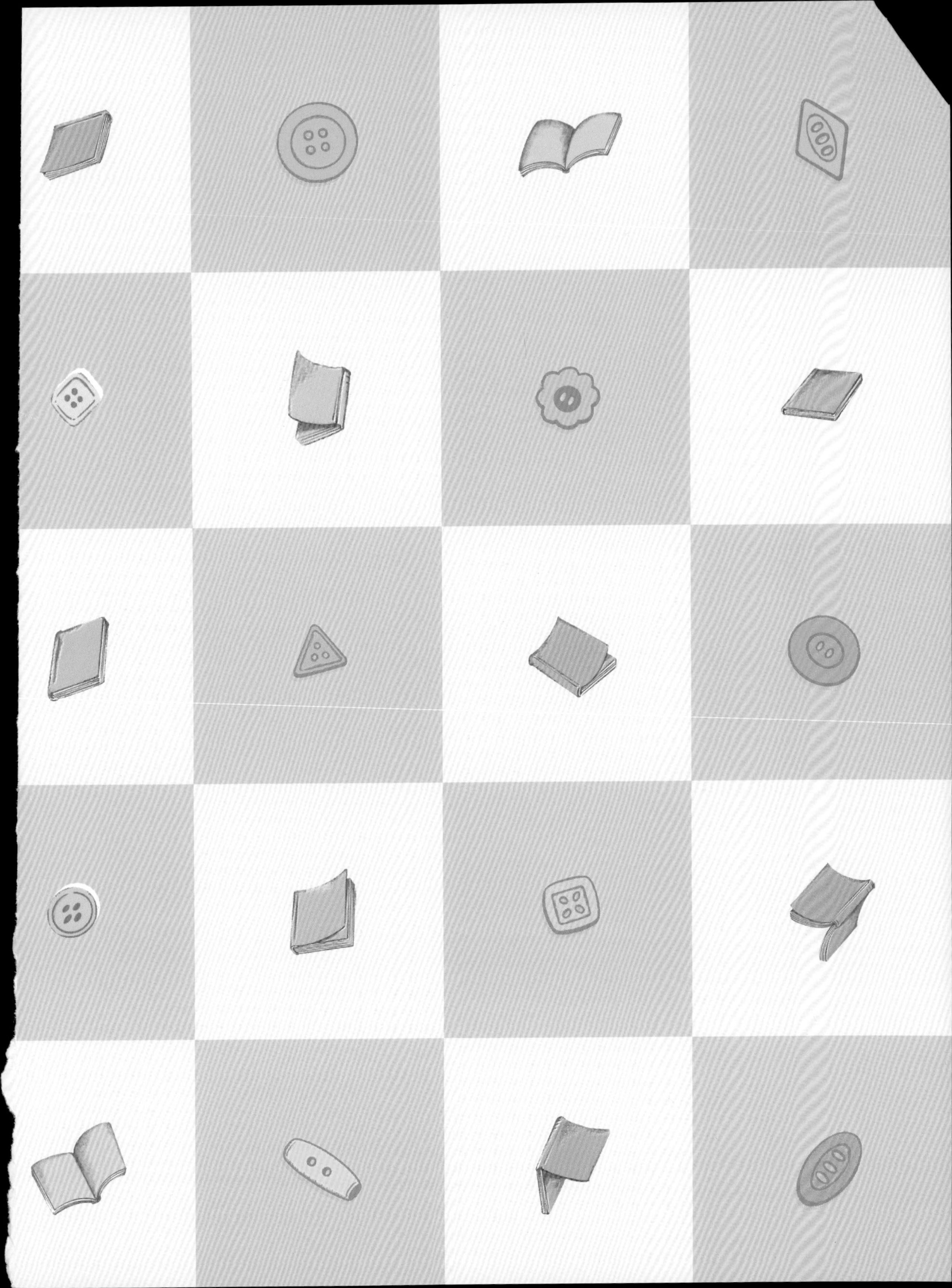

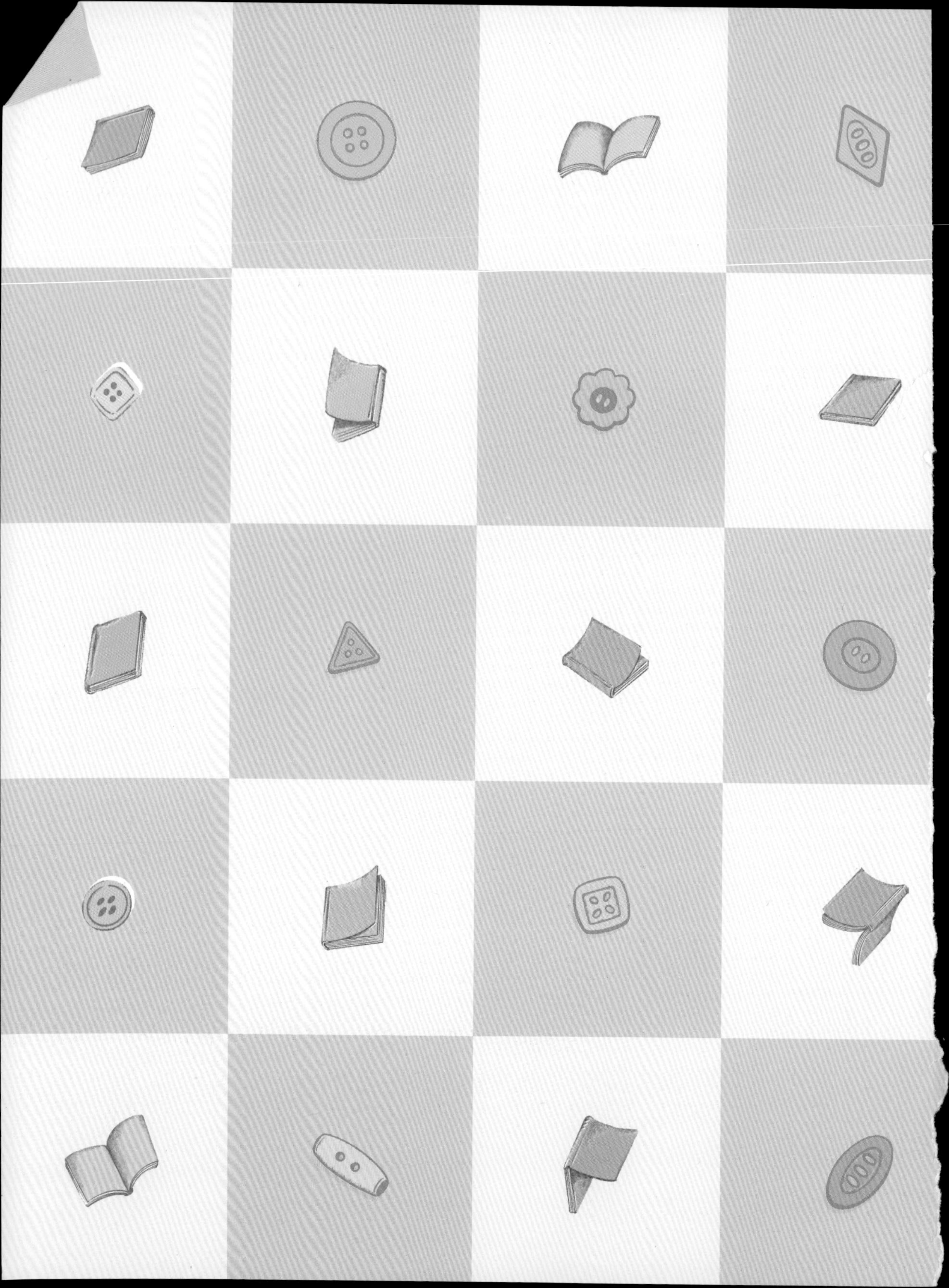